함께, 울컥

이 도서의 국립중앙도서관 출판예정도서목록(CIP)은 서지정보유통지원시스템 홈페이지(http://seoji.nl.go.kr)와 국가자료종합목록 구축시스템(http://kolis-net.nl.go.kr)에서 이용하실 수 있습니다.
(CIP제어번호 : CIP2020038469)

J.H CLASSIC 061

함께, 울컥

이서빈 시집

지혜

시인의 말

나는 내가 누구인지 모른다.

내가 빚어지기 전 나무였는지
바람이었는지 물이었는지 살구꽃이었는지
이 지구란 곳에 무임승차해 어디론가 가고 있을 뿐이다.
바퀴는 점점 속도를 높여 낯설고 모호한 곳으로 흐른다.
아찔한 현기증 인다.

시열매를 구하기 위해 시간을 탈탈탈 탈곡했다.
神은 지구 어디에 시열매를 숨겨두고 있는지?
그동안 전지剪枝 당한 시어들에게 미안하다.

남은 내 시간 시열매 찾는데 시간을 다 뿌릴 것이다.
기울기가 0으로 누울 때까지

며느리 시 쓴다고 입에 단것 다 해 먹이는
시어머니 이순학李順學 여사님께 이 시집을 바친다.

2020년 9월

이서빈

차 례

7부 999쪽 경전

• 일러두기
한 연이 첫 번째 행에서 시작될 때는 > 로 표시합니다.

1부

공空

공空

외로운 날엔 방랑을 찾아 나선다

벽에 걸린 초충도에 봄볕을 묻힌 벌나비 흘러들고 메아리 편
집하던 산까치가
유리창에 비친 산을 부리에 피가 나도록 쪼아대는 공염불 같은 날

창턱에 걸터앉아 턱 괴고 독한 락스에도 빠지지 않는 얼룩 만
진다
조금씩 닳아가는 가락지안쪽처럼 이 생에서 머물다 갈 공간
조금씩 위독 당기고 있다

이가 갈리도록 외로운 심기는 복수초를 피운다

깊은 곳까지 번진 슬픔 가방에 구겨넣는다
굽높은 구두 손톱물감 입연지 눈썹먹 물크림이나 살결물조차
허용하지 않고
몸에 두른 모양새 모두 벗기고 내장조차도 최대한 무게 줄인다

방랑으로 가는 길은
꽃술보다 서럽고 학 눈썹보다 고독하고 여승 뒷모습보다 차가

운 퇴화 구불거리는 곳
　보리수나무 그늘 무렵에 멈춰서서 인도 왕자에게
　'안녕! 싯다르타'라고 빈 안부 뜨겁게 건넨다
　허공 핥던 새가 짧은 혓바닥으로 눈물 흘리며 싯다르타에게
노래 선물하듯

　동물성 습 버리고 식물성 습의 비자를 발급 받아야 한다

　식물성 습의 비자 발급 위한 서류는 달빛보다 둥글게 넓힌 품
과 별빛을 찍어 윤이 나게 닦은 마음 한 장이 필요하다

　바싹 말라죽을 우담바라 싹이 눈알에 돋아나면 눈이 쏟아진다
　눈이 추하고 더러운 세상 하얗게 지우면 텅 빈 공이 보인다

　공이란 나라에는 공처럼 둥근 종소리로 한 뼘도 안 되는 '청춘
사용법' 강의 중이다
　수억 광년의 죽은 시간이 모여 불로장생 염불중이다

　'공수래 공수거' 유통기한 지난 일기예보 같은 말
　자신을 텅 비워 꽉 찬 우주 굴리고 있는 空

결

나무의 결은 나무의 나이고
물결은 물의 나입니다.

나무의 나이는 나무가 죽어야만 알 수 있어요. 결을 보는 것은
조문하는 일입니다. 고요한 물의 나이를 알려면 돌멩이 하나 던
져보면 되지요.

잠깐 보여주고 사라지는 물의 나이
어느새 출몰했다 사라지는 뼈들입니다.

세상의 것들은 결을 간직하고 있지요. 반질반질한 머릿결. 여
전히 가르마로 옛날 나이를 고집하는 할머니는 한 번도 구불구
불한 머릿결 가진 적 없지요.

결국 나이를 감추고 있다는 뜻이지요.
나이를 걷어내면 결은 곧 사라져요.
봄 들판에 출렁이는 결, 어린 나이도 있고 늙은 나이도 있지
요. 가지런하고 걸음이 일정한 숨결. 나긋나긋하던 결이 거칠어
지면 오래지 않아 굳어요. 들판을 어지럽히는 바람결에 봄 살결
은 늙거나 시들어 가지요. 바람결로 나이를 먹고 시들어가는 들

판이에요.

　살아있는 것들은 둥근 내면의 결을 가지고 있어
　여린 것일수록 결이 보드랍게 잘 휘지요.

　가끔 손 없는 이불 결이 꿈결을 쓰다듬는 날이면 하늘은 연한
육질을 위해 햇빛과 별빛을 결대로 찢지요. 모든 결에서 비린내
가 나는 이유지요.

　청결이나 미결 같은 엉뚱한 단어들이
　결사이로 끼어들기 때문이지요.

구口

저 조그만 네모 하나에 모든 도형들이 다 빨려 들어간다.

먹다 · 굶다가 한통속으로 들어가거나 나간다, 밥먹고 욕먹고 일도 시켜 먹는다. 녹을 먹고 나라를 말아먹는다.

먹는 것 입 꾹 다물면 굶는 것도 끝난다.

때론 한 주먹거리도 안 되는 굴레를 쓰고 사람을 가두어 수인囚人이 되게도 하는 口. 하루의 끝이 꾸역꾸역 모여 잠을 볼모로 잡고 있는 口.

조금 먹은 놈은 도둑이라 하고 많이 먹은 놈 영웅이라 하는 저 口. 끝내 삼킨 것 다 뱉어내 저 조그만 관속 들어가 꽝꽝 못질 당할 口.

살도 뼈도 수식어도 없는 막대기 네 개 저것안에 4주가 들어 있고 4방이 들어있고 온갖 사연 다 들어 있어 죽음까지도 4망이라 한다면 저 口 는 모든 비밀 다 틀어쥐고있는 것 아닌가.

우리 모두 저 네모안에 들어가기 위해 오늘도 꽃도 새도 나비도 끊임없이 태어나 날고 있다.

가락

가락이란 말에는 흥이 섞여있다. 엿가락 노랫가락 손가락 발가락 숟가락 젓가락엔 길고 짧은 가락이 흐른다. 흥이 나면 발가락을 까딱이고 손가락장단 맞추기도 하고 가락지 끼며 약속을 맞추기도 한다.

5일장 가면 각설이 타령 엿장수 맘대로 엿가락 늘리듯 음 늘리며 가위로 노랫가락 자르며 엿가락 판다. 찍찍 늘어난 엿가락은 달고 흥겹다. 젓가락 밥상 두드리며 장단치고 숟가락 소주병에 꽂아 흔들며 가락 만들어내기도 한다. 숟가락 두들기며 부르는 질펀한 가락에는 술 냄새가 난다. 노래하고 술 마시고 춤추는 가락은 절로 신나 어깨를 흔들어 댄다. 친한 사이가 되면 그 집 숟가락이 몇 개고 젓가락이 몇 개인 것까지 알 수 있는 것만 봐도 가락이란 말은 참 흥이 돋고 정 묻은 말이다.

가락국을 세운 김해지방의 걸쭉한 사투리가 막걸리와 섞여 전설 같은 선율로 흐르는 별밤.
기차 여행을 하다 간이역에서 가락국수 한 그릇 훌훌 들이키고 싶다. 눈에 보이거나 만져지지 않는 가락들은 늘 사람의 곁을 지킨다.

개명改名

개명 하고나니, 눈이 밝아졌다.
입을 열게도 한다.

아무렇게나 핀 개망초
지금쯤 개명 신청 중일 거다.
'개'자는 모두 좋지 못한 말로만 쓰인다며
불평꼬릴 바람개비처럼 살래살래 흔든다.
나만 보면 애원을 한다.
이름엔 분명 약육강식 있다는 것
남의 이름 뜯어먹으며 사는
배고픈 아귀를 알고 있다.

물소리에 귀를 씻고
불어오는 바람에 애 다 헹궈도
'개'라는 말 미칠 것만 같다며 징징거린다.
개유학파와 개자추 전설 끌어다
經 읽어줘도 불경스럽게 운다.
온들판 하얗도록 여승보다 슬피운다.

돌림자라 '개'자를 버릴 수도 없다

훌쩍훌쩍 귀를 적셔도 어쩔 수가 없다.
두 손 두 발 다 들고
'들안개'로 개명한다.
앞의 '개'자를 떼서 뒤로 옮겼을 뿐인데
8자가 바뀌었다며 여름물안개로 피어 가을 건너 펄펄 흰눈으
로 날아
봄과 양 손 잡고 놀고있다.

개꼬리가 내 머릿속 뱅그르르 돌고 있는 밤.

2부

기형공화국

균菌

균들은 몸 잃은 불구다
입만 있는 생물체, 먹어 치우기만 하는 포식자
먹고 있을 때는 증상 느끼지 못하도록 조심하지만
다 먹힌 자리는 상처 생기거나 곪는다.
인간의 곪아가는 상처는 균 배설이다

꽃이 만개하려는지 열 오르고 몸 파르르 떨린다.
병원에 갔는데 균은 보이지 않는다.
오래 곪었던 것들 동시다발적으로 창궐한다.
약을 먹거나 예방접종은 구휼救恤하는 것
먹여서 입 다물게 하는 것이다

돌림병처럼 붉은 열꽃 뿜어내는
꽃송이 하나하나는 얼마나 배가 고팠을까
꽃은 배설의 자리다.
붉은 비명으로 공중을 꽉 채우지만 이내 땅이다.
비 한 줄기 바람 한 가닥에도 목을 꺾는 붉은 배설의 자리엔
허기진 입들이 초록의 떼로 몰려든다.

밋밋하던 살갗에 선홍빛이 생긴다.

예쁘고 아름다운 자리지만 꽃들의 몸은 모두 짓물러터지는 것

   병원 온 사람들 기침하는 배설 혹은 가려운 입이 팔다리 가득
붙어있고 어둡고 습진 곳 날카로운 이빨을 가진 입들이 달라붙
어 한 순간 절체절명 꽃잎으로 터지는 증세들

   인간들의 실패한 진화다

   입 밖에 없는 퇴화, 보이지도 않는 균
   그 불구의 포식자가 통로 한 입만 먹어도
   모든 길은 차단되고 마비되는 실패한 진화

   주사약처방 받고 보면 꾹꾹 참고 있는 입들이 생각난다.
   주사 맞고 온 저녁 내 몸엔 배고픈 입들이 가득하다
   오늘밤은 배부른 잠 잘 수 있겠다.

기형공화국

허릴 묶고도 용케 잘 살아가는 동물왕국 새들은 눈물 나도록 웃다 배꼽 빠졌다. 배꼽 찾아나선 손님은 돌아오지 않고 손님 기다리던 부린 눈물샘 다 말랐다. 새손은 바람내장 훑고, 내장은 구불구불 소화불량 앓는다.

꽃들은 모두 벌나비들 활주로가 된다. 혈관 가득 푸른피 출렁이며 낯선 날들 착륙시키고 굉음 이륙하고 있다. 물그늘 비린내만 키워내고 사람들은 키워서는 안 될 일들만 낳아 기른다. 허공 맴돌다 비로 눈으로 내리는 넋들의 유언장.

한 이불 속 등 돌린 너와 나
가까워 아득하고 서러운 그 가혹
아득하거나 서럽거나 가혹하단 말
흐느끼며 기형시를 뿌려댄다.

쩍쩍 갈라진 손가락 시장 한 귀퉁이 달빛 파는 해진옷 벗어 아기 덮어주고, 구멍 난 으뜸부끄럼가리개로 추운겨울 건너 지하도에 앉아 초점 잃은 시선 감고있는 동짓달 초승달보다 더 시린 날.

니체의 '신은 죽었다.'는 말도 이젠 얼어붙었다.
시리다는 말 안 시리다는 말로 바뀔 때
이 세상 계절 저 세상 계절된다.

기형공화국엔 기형들만 사는 게 아니라
너무도 번듯한 외형들이 기형을 만들고 있다.

낮잠

쌍발제트기 지나간다
구름 열려 푸른안감 나타난다
마당귀에 내걸린 윗옷이 떨어졌다
그 옷 털면
주머니것들 4방 흩어져 날아간다
어린양 울음소리 저공깃털 안감은
한낮 한밤 하늘은 두 벌 옷을 입고있다

노란달 지펴 열듯 지나면 보이는
별자리들은
야광스티커 같다

밤을 헐어내 낮잠을 잤다
낮잠 자는 사이 몇 번의 생애에서 장만해야 할 구름의 가재도
구들
바람 없는 곳으로 다 지나갔다
웃음꽃들이 서로 끌어당기는 이불속
낮잠 사이 또 다른 삶을 살다 갔을 수도 있다
몇 날 며칠 살다간 텅 빈 옷 털어 개야겠다
하늘을 본다

구름들 차곡히 개어지고
가을은 지퍼를 닫고있다

첫, 혹은 것들

첫 잎사귀에 '첫'이란 상형문자를 쓰며 꼬물꼬물 기어가는 애벌레 발가락 이빨 파르스름한 것들. 첫 잎들 흔들흔들 요람 타며 자라서 우르르 지기 위해 말발굽소리 내며 뛰어가는 것들. 첫은 또 다른 햇것 끊임없이 낳아 기르는 무지렁들. 첫잎 연하고 부드러움 자라면 한꺼번에 숨 거두는 소리 달가랑달가랑 나는 것들. 첫사랑 지운 빗소리 파란몸으로 뛰어내리는 소리 방울방울 딸랑이는 것들. 첫순들 초록무게 내려놓으며 몸 늙히는 나무, 발목 주름 주름주름 젖어 우는 것들. 첫행 잃어버린 나무는 글자를 포기하고 밤낮 계절 견디는 법만 살갗 부르트는 것들. 첫울음 울던 날마다 죽고 태어나는 우주의 체위, 지루하게 끝을 보이지 않는 것들. 첫이란 말 사랑이란 말이 결합하면 아련함 낳는 것들. 첫이란 돌덩이보다 무거운 말, 전원을 꺼야 하는 것들.

경계에 서서

멀리서 보니 큰산 가까이서 보니 작은 산만 보였다.
멀리서 보면 푸르던 잔디밭이
가까이서 보면 온갖 잡풀들이 섞여 있다.
경계를 속이면서 혹은
속아주면서 살고 있는 것들.

볼우물 옴팍하고 뺨 통통한 처녀저고리 섶 사이로 삐죽 내민
달달한 젖내가 양동이달 하나 담아 간들간들 걸어가는 뒤태에
숫달이 따라붙는다. 그림자 늘였다 줄였다 뒤따라가는 달, 물동
일 내려놓자 달은 물주름되어 일그러졌다 조용히 가라앉는 물.
그런 밤엔 달이 우물의 기둥이 되었다.

찰랑이는 물동이와 달
달은 고요한 물에서는 평평하고
찰랑이는 물에서는 간들간들 뒤태가 된다.
그 경계엔 젖고 적시는 앞섶이 있다.

자유가 잉태 낳고 젖내 낳고 달 존재를 낳는다. 다 닳아 없어
질 때까지 멈추지 않고 할 저 배냇짓 숫달과 암달의 경계. 감나
무가지 걸터앉아 밤새 창문을 들여다보고 있는 달빛 타이핑 두

드리는 소리 말발굽처럼 요란하게 달리는 창의력 한 장을 만들
고 있다

기울어지는 것, 떠오르는 것

기울어지는 것은 모두 서쪽에서 일어나는 일이고
떠오르는 것은 모두 동쪽에서 일어나는 일이다.
한낮은 서쪽이 쉬는 날이고
한밤은 동쪽이 쉬는 날이다.
까치울음은 동쪽을 솟게 하고
까마귀울음은 서쪽을 기울게 한다.
아기잠은 낮을 베고 눕고
어른잠은 밤을 베개로 눕힌다.
낮잠이 자라서 밤잠이 된다.

매미는 아침을 찢고 귀뚜라미는 저녁을 깁는다.
샘물은 퐁퐁 아침을 솟게 하고
땅거미는 어슬렁어슬렁 저녁을 고이게 한다.
쌀은 동쪽을 향해 여물고
건초는 외양간을 향해 억세 진다.

술은 어둠을 취하게 한다.
간혹 낮을 취하게 하는 술은 위아래가 없다.
달빛은 어둠 갉아먹고 햇빛은 밝음 태운다.
세상 빛들은 모두 배설물이다.

\>

기울어지는 것이 서쪽이 아니라
동쪽이 서쪽을 기울게 하는 것
떠오르는 것이 동쪽이 아니라
서쪽이 동쪽을 떠오르게 하는 것
기우는 것과 떠오르는 것이
둥근고리로 돌아간다.

귓전

공중 당겨 집 짓는 거미뱃속엔
씨줄날줄 직조술이 성업 중이다.
바람 불러 울음 잦는 나뭇가지엔
가을 한 자락 걸려 날 저문다.

귓전엔 온갖 것들의 집이 있다.
듣고 싶은 말엔 견고한 자물쇠들이 걸려있고
들리는 말들은 모두 문 밖의 발음들.

텅 빈 들판 메뚜기는
마지막 남은 가을 한 잎 갉아먹고
먹물어둠 풀어 놓는 철
경계 그어놓고 싹 틔우지도 지우지도 못하는
어정쩡한 초록들.

귓전에 문 열어놓으면
가난한 새들의 노래가 해맑다.

별빛 찢어 귀 막고 싶은 밤
가을은 온통 구겨지는 것들의 소리 같아서

서걱서걱 공중으로 바람이 구겨진다.
용서라는 단어를 모두 모아 모국어로 엮고자 했었던
암흑 같은 귓전을 맴도는 청댓잎소리.

달빛 한 두름 마른슬픔 한 가지 포장해
결대로 찢은 바닷물, 넘실거리는 파도를
추임새로 넣으며 물꼬를 트고 싶다.

3부

나비왕국

나비왕국

대왕나비 명을 받은 나비들이
수의壽衣 짓고 있다.
재봉틀소리 오솔길과 신작로 잇고
겨울꼬리와 봄머릴 잇고 끊어진 춤사위 잇는다.
조각보 깁듯 낡아 뜯어진 마음 기울 때
슬픔 고인 자투리천 재단 잘해서
천의무봉 솜씨로 온세상 하나로 잇는다.

나비왕국엔 법도 없고 귀양 가는 일도 없다.
금 그어놓고 억압하지도 패거릴 만들지도 않는다.
봄을 수놓은 온갖 꽃들이 다 나비들의 수예솜씨라면
그 화무십일홍들 대통大統의회 공무도 보게 해야 한다.

나비들은 꽃사이를 날고
봄공중을, 그 만사형통을 날아다닌다.

죽은 자 위한 영혼의 수의壽衣를 짓는다.
사람들은 나비를 보면 춤추고 싶은 것이다.
꽃 건드리면 나비왕국의 찬란한 봄빛이 팔랑팔랑 날아오른다.

>
장자께서는 아직도 꿈을 꾸고 계시는지
'내가 나비인지 나비가 나인지' 모른다며
죽어서도 장타래 늘이며 잠속 날고있다.

달빛경전經典

속눈썹 긴 붓다가 달무리 걸린 지붕위에 날아와 앉는다.
복사꽃이 화들짝 피는 봄날
아지랑날에 꽃피는 나무들에겐 고풍스런 향기가 난다.
봄나비날개 말리는 싱그런 향내
달빛 빗기는 날개, 날아다니는 그림자 날개들은
모두 달빛파장으로 하늘거린다.

뱀들의 거짓말이 구불구불 휘파람소리에 공갈처럼 부풀어 오른
열아홉 귀를
지구 축 기운만큼 고개 기울여보는 계절
비탈진 곳을 향해 속도를 버린 채 날린다.
꽃잎들은
가파른 언덕에 닿으면 부딪힌 아픔만큼 더 속도를 낸다.

봄바람을 내팽개치고 싶은 입술들이 꽃피는 날
책갈피 한쪽 뒷골목을 넘겨대는 바람들 있다.
이쪽 귀 들은 말 저쪽 귀로 흘리는 시간 터널 밖
달빛經 한 구절이 감나뭇가지에 걸린다.
감홍시란 말엔 떫다는 말이 가을감물리*처럼 농익어있다.
우주를 꽁꽁 얼린 대봉말엔 땡감얼룩이 물들어있다.

모서리로 기어가는 각진 날들

언제쯤 보름달 둥그런 달빛경전經典 수놓는 날이 올까.

* 감물리 : 홍시감을 두고하는 지방 말.

흰냄새, 붉은냄새

손톱에 첫 달 들었지
봉숭아물 든 열 손가락마다 캄캄한 밤이었지
손을 잃은 불구의 새 울음이 거미줄로 걸리고
전설이 날벌레처럼 날아 가끔 이슬방울이 반짝이다 가기도 했지

손금을 따라 몇 줄기 빛이 지나고 투명한 그늘 착륙하면 검붉
은 꽃가루가 날렸지
개살구나무 푸른웅달 주름으로 깊었지

닮은 곳마다 오래 지워지지 않아
같이 물들인 봉숭아꽃물
손톱 안쪽에 있던 흰달이 다시 끝쪽 붉은달로 뜨던 손톱
끝과 끝에서 흰달과 붉은달을 나누어 키웠었지

자꾸만 밀려가는 달
열손가락 떠오르지 못한 달이 있었지

살구빛으로 뜨던 달은
사위고 차오르고 기우는 나이로 손가락을 찾아왔지

＞

죽지마라, 죽지마라
꼭꼭 밟아 당부하던 약속에 다시 고개 드는 싹들
쌀보리 쌀보리 골목이 데리고 놀던 막내
보리와 밀의 차이를 알지 못하고 사라진 낱알이지
이곳에 오면 모두 말랑말랑한 밀가루 반죽이 되었지

파밭엔 들어가지 마라
보리밭엔 들어가도 야단맞지 않았지

손톱에 박힌 희고 붉은 달비린내
짧은 이름이 가장 늦게까지 잊혀지지 않지

그림자 짜기

날씨는 추위·더위를 올올 짠다.
체온으로 방위를 오르락내리락 한다.
사람과 사람을
나뭇잎이나 꽃들 온갖 사물들을 다 짠다.

바다는 밀물썰물로 돛과 그물 물결무늬와 물살을 짠다. 어떤
가뭄이나 홍수에도 마르거나 넘치는 일없이 은빛젖줄로 오묘를
짠다. 들판은 꽃과 열매 새소리 벌레울음 물소리 꽃진자리 매미
날갤 돌며 여름갈 건너와 찬겨울 숨어지내다가 식목일에 초록모
시 짠다.

가난옷 가마니남루
무분별 허튼수작을 교묘히 짠다.

허공은 풋것들, 떨떠름한 것들 탱글탱글하게 날개부리들까지
공양 삼아 다 짠다. 손끝에 나이테 새겨주는 보시普施 부처에게
합장하는 중생들은 날기만을 소원하고, 날것들은 인간으로 환
생하는 윤회輪回를 쥐어짜는 중이다.

명의名醫의 의술은 처방끝이다.

그림자를 찾는 일이다.
가던 길이 뚝, 부러지면 그것으로 관棺을 짤 것이다.

어릴 적 그림자밟기 놀이에서
내몸을 빠져나온 그림자를 한 번도 밟아본 적이 없다.
그림자밟기 놀이에만 열중하다 남의 날이 저물었듯
이리 짜고 저리 짜고
짜고 또 짜보지만, 소금만큼 짠 광물질은 아예 없는
소태같은 날들 많이도 투정부리고 싶었다.

꽃그늘

빛 한 가닥은
수많은 그늘을 잉태하고 있다.

가난이나 근심이 동색이라 칭하는 그늘
그늘과 바람은 한 직조를 엮어낸다.
바람의 집에 그늘꽃이 화사하다.

햇살꽃대궁이 밀어올린 그늘꽃
빛이 강할수록 꽃그늘은 짙고 푸르다.
그늘이 혀를 빼물고 죽어야만
징글징글한 셋방이나 노숙의
기형적 날들이 걷힌다.

꽃그늘이란 이름은 곱지만
왜 슬픈 것이 더 아름다워야 하는지를
곰곰 생각하는 사이
꽃그림자 흔적도 없이 사라졌다.
꽃 진자리 깜깜한 씨눈이 웅크리고 있다.

인공 등 하나 훤히 켜고

어디론가 사라져 어디선가 피어있을
생각이 손깍지를 끼고 있는 사이
낯선 꽃그늘 힐끗 나를 쳐다본다.

주류와 비주류

소주 맥주 막걸리
모두 입모아 서로 이 시대 주류라고 핏대올린다

소주
17도 미만, 도수 낮은 술 선호하는 소비자기호에 맞춰
한 해 32억 72백 25만 병
판매량 2배 증가했다고 으스댄다
우기에 흠뻑 젖은맥주
잘 마른가을 덕분에
32억 77백 50만 병으로 주류업계 휘어잡았다 반박한다
막걸리
일본 대지진 사고로
사케 대신 수출 3배 늘렸다 주장한다

모두들 주류라고 목소리 높이는
저 치열한 3파전

한 치 오차 없는 정확한 데이터라고
술술 진술 늘어놓지만
저 말에 한 홉 맹물도 섞이지 않았을까

>

누가 주류고 비주류인가,
마시면 비틀거리는 주류酒類일 뿐

굴레 벗기기

쥐꼬리만한 시간을 정리하는 밤 열한 시

손가락 하나 까딱 않고 배불리는 쥐 생각한다. 천장서 우르르 찍찍 쥐들의 전쟁 끝나면 천장은 온통 쥐오줌 얼룩지고, 뚫린 천장 구멍으로 떨어지는 쥐 따라 쥐벼룩도 떨어진다. 가난한 집들의 천장 쥐나 벼룩에겐 마당. 쥐똥들 모두 쥐똥나무로 환생한다.

소는 힘으로 태어나서 힘 다 쓰고 죽는다. 온갖 부위 고기와 뼈 가죽까지 인간 위해 힘쓰다 죽는다. 말없이 두 눈만 껌뻑거리는 업장業障이다.

호랑이새끼 키웠다는 말은 호랑이새끼 키우는 건 사람이라는 뜻.

눈깔 빨간 토끼새끼라며 흉보지만 토끼눈 만큼 동그랗고 예쁜 눈도 없다. 귀는 아기마음 키우고 쫑긋쫑긋이란 말 만들고, 빠른 재주 뒤엔 잔꾀도 있어 거북이보다 느리다는 교훈 깡충거린다.

용꿈 꾸는 게 모두의 바램, 평생 용꿈 꾸며 등용문 만들어 놓기도 한다. 다른 동물들에서 한 가지씩 붙여 만든 조합, 그렇지만 용비늘을 건드리는 건 엄금이다.

독사보다 지독하단 말. 징그러운 뱀은 자신 이름을 온갖 독에게 빌려준다. 뱀고사리 · 뱀고비 · 뱀딸기 독 품고 있는 뱀 흉낼내고있다.

말은 전쟁터 누비고, 누나들과 언니들 센 팔자 만든다.

어린양이란 길들이기 좋아 만든 말. 양가죽으로 만든 옷 입으면 사람도 순해질 수 있을 것 같지만, 혹독한 추위에 맞서는 걸 보면 양가죽은 결코 순한 옷감 아니다. 양치기 소년이 거짓말 한 것 양이 순한 탓일까.

원숭이 똥구멍은 빨개, 사람과 닮아가고 닮아가다 똑같아진 조상을 두고도 늘 염치없는 습성을 비난받는다.

닭내장 속엔 시계가 들어있다. 머리엔 버슬 달고도 닭장에 갇힌 게 억울해 홰치며 울어대는 울대, 닭살 돋는 것은 닭이 몸속 어딘가 저장되어있다는 말

>

　개만도 못한 놈이 있고 사람보다 나은 개가 있다. 아테네 학당에도 개똥철학자가 있었고 견유학파犬儒學派의 디오게네스. 아테네 학당 천재들도 개에게는 꼼짝 못해 멍텅구리같은 개에게 신 개유학파가 생겼다지. 개구멍 · 개지랄 · 개웃겨 · 개망나니 · 개살구 · 개머루 · 개가죽나물 · 개부랄꽃 같은

　사람들은 사람새끼를 돼지새끼라고 부르기도 한다 돼지꿈 · 돼지저금통 돈은 모두 돼지들이 차지하고있다.

　쥐새끼 소새끼 호랑이새끼 토끼새끼 용새끼 독사새끼 말새끼 양새끼 원숭이새끼 달구새끼 개새끼 돼지새끼 열두 띠의 굴레를 벗긴다 온전한 사람새끼가 되기 위해.

4부

달의 이력서

달의 이력서

저 푹신한 탄력은 달이 착지하기 좋은 곳
달의 이력서 첫 칸엔
첫발을 들여 놓은 초가지붕이 적혀있다
경력 란엔 달빛으로 써 내려간
하얀박꽃과 탯줄 같은 푸른넝쿨
촉각에 점등된 달빛 먹는 굼벵이들도
내놓을만한 이력이다

달을 딸 수 없는 사람들
등 굽은 세상 탓하는 대신 박을 올렸다
지붕에는 흰꽃 피고
흰꽃에서 달비린내 난다
별빛으로 엮은 똬리의 기반을 마치면
한 아름, 익은 달이 둥지에 들어앉는다

통통 소리 여물던 보름달
지푸라기 둥지에서 한 철 보내고
점점 둥글어지고 두꺼운 껍질속
폭신한 씨앗들 벌레들처럼 가득하다

>

착지를 잃은 도시의 달 엉덩이 까맣게 찌들었다
이제 지붕은 달을 껴안지 않는다
차고 여위는 법을 터득한 달
뱃속 가득 씨 품은 이력,
산란하지 못한 낯빛이 창백하다

헛말

나뭇가지에 소복이 쌓였던 새발자국 새새새 날아내린다
오류에 젖은 날들 손전화 화면에 빼곡 적는다
매혹적이고 근사한 시집 수없이 부수고 짓는 조립 골몰하며

부재와 존재는 동색이란 붓다의 광채 나는 말
비구니 무릎 베고 누운 동자승 머리에 찬바람 파문 일으킨다
뇌에 불 번쩍 켜지는 덧니 닮은 단어들 이미지부리 은유지느
러미 환유날개 달별빛 잘라 문장 짓는다
입회 허용 않는데 천 근 눈까풀 짓누르는 잠, 체념 부추기는 휘
파람 불며 날아든다
잠 하얗게 셀 때 비극보다 연상인 낱말 문장 이데올로기에 편
입한다

카드 결재 문 열고 들어가면 낯설고 모호한 조명 달린 직사각
방 한 칸
하루치 졸음과 어둠 섞어 손바닥 굳은살 박힐 때까지 삽질하
는 집
입소식 퇴소식도 카드 한 장이면 된다
방문객 객식구 따로없다 이름도 나이도 모르고 폐 깊은 곳까
지 숨결 교환한다

전에 살던 세간 고스란히 물려받아 잠시 쓰다 또 물려준다
진부해진 동네 새로운 사람들 끊임없이 이사 오간다
시간과 시간은 한 번도 겹치는 법 없다
이해 불능의 고립된 이미지 꽉 차서 텅빈 집
힘들고 외로울 때 따뜻한 이불속 누군가 다정하게 잡아줄 손
기다린다
집 짓는 일 열중하다 내릴 역 놓쳤다
나이도 한 역씩 놓친다면 神보다 높은 경지 될 것이다
지붕으로 소나기 쏟아지는 소리 저 내려주세요! 소리 쳐봐도
둥그렇게 감긴 속도바퀴들은 못 들은 척 굴러만 가고
삽날 하늘 향하도록 나란히 정렬하면 다음 또 다음 사람 삽 잡고
미완성 집 거꾸로 싣고 따뜻함 내건 버스 도시를 순회중이다

한 번도 자신의 집 가져보지 못한 사람들 오늘도 다른 사람 집
짓고
한 번도 자신의 시 써보지 못한 사람 다른 사람 시집 만들고 다
음 생이나 그 다음 생 위해 남의 집 짓는다

오막살이라도 내 집 좋다던 사람들 이사할 때는 한 사람도 집
을 가져가지 않는다

꺾인 것은 더 이상 구부러지지 않는다

너무 예쁜꽃은 꽃이 아니다.
말이 꺾이는 순간이다.

온전한 꽃이란 존재하지 않는다는 말 더 이상 구부러지지 않는다. 눈 푸른바람 꼼꼼한 솜씨로 들판 깁고 온 우주 접었다 폈다 하는 나비들. 수풀떠들썩나비 고생대숲 흔들고 가락지나비 청동가락지 물어나른다. 긴꼬리제비나비 제비부리마다 별 조각 노랗고 모시나비 올 고운 모시옷 입는다. 먹그늘나비 빛있는 곳이면 어디든 그늘을 슬어놓고 도시처녀나비와 큰멋쟁이나비는 도시를 돌며 성형 만든다.

대왕나비는 궁전을 짓고 부처나비 법당 짓는다. 돈무늬팔랑나비 돈 떨어질 때까지 난다. 거꾸로여덟팔나비 거꾸로나 바로나 8자는 변하지 않는다며 지루한 소리 저물도록 팔랑인다.

나비는 피는 꽃. 꽃은 툭, 목 버리고 날개들은 추락하고 꺾인 날개 허공 날개 깁고 쥐들은 끊임없이 달빛 갉아먹고 달빛은 쥐꼬리만큼도 줄지 않고 영혼들은 온전한 존재를 위해 목을 꺾는다.

잠의 집

한 장 한 장 쌓아올린 밤이 와르르
한 순간에 무너진다 하얗게 바랜 잠
붉은알코올 한 잔 부어도 여전히 밤은 말똥거린다
벽에 핀 꽃송이 한 잎 두 잎 뜯어 대궁만 남았다
뿔에 뿔이 다시 돋는 상상이 천근의 무게로 눈꺼풀에 내려앉
는다
홀쭉해진 잠을 머리끝까지 당겨 덮고
어둠속으로 들어간다
와글와글 생각이 끓는다
어둠속에서 더욱 싱싱하게 살아나는 천의 목소리
바닥에 잠을 눕히지 못한 소리와 소리가 부딪힌다

내 머릿속 어딘가 숨어있는 잠의 집
나도 모르는 비밀번호를 누르고 잠은 통로를 빠져나간다
혓바늘에 근심이 오톨도톨 돋는다
몸을 빠져나간 잠은 어디를 헤매고 있을까

비몽사몽 들어서는 새벽
비틀, 잠이 허방을 짚는다

꼬리

병원 침대위에 한 생이 저문다.
탐스럽던 꼬리털 빠져 뼈만 앙상하다
꼬리에 감겼던 사내 꽁지 빠져라 달아나고
살가웠던 시간 서성이는지
어깨대신 꼬리가 흐느낀다.

혀를 놀릴 때마다 치마 속에서 꼬리가 돋아나고
집문서 논문서 그 치마속으로 들어갔다.
호적에는 자식 하나 없는 동거인
그 많던 꼬리는 다 어디로 가고
한 뼘 허리가 어느덧 한 아름이다.

명줄엔 걸쭉한 피가
몇 바퀴 돌아 몸으로 스민다.
온몸에 푸릇푸릇 멍이 피고
링거줄 긴 꼬리로 이어져 있다.

꼬리는 평생 한 여자의 가슴에 박힌 옹이였다
저승에 가서도 또 첩으로 불릴 여자
지난 발자국이 창문에 어룽이다 제 소리로 감추는 저녁

천대를 먹고 그녀는 늙었다

그 많던 꼬리가 어느 날부터 하나 둘 사라지더니
앙상한 꼬리표 하나만 남아있다.

수도하는 고양이

천궁속 갇혀있던 푸른별 두 개

야오옹 냠야오옹 냠냠야오옹

경전 읽는 파란소리에 천년 고찰이 휘고 있다

별빛 비린내 흥건한 계절 돌리는 눈알염주

목어 울음으로 낯 씻고

목탁소리 잘라 빗질 하고

눈알염주 돌리며 수도하는 고양이

우주 별빛에 젖고 있다

꽃겨드랑이

귓불 노란 바람집으로 따라가면
잠 덜 깬 방안 가득 수십억 년 지난 봄빛이 촘촘하다.
건조한 이랑마다 출렁거리는 비린멀미
무덤마다 봄물이 파랗게 배어나오고
손가락엔 파란지문이 자란다.

황사에 핏발선 눈꺼풀 깜박거릴 때마다
봄나뭇가지들 노랗게 돋아나는 새
봄은 바람이란 말과 나들이란 말을
공중에서 지상으로 끌어내리는 연결 통로다.
겨드랑이는 태어날 때부터
간지럼이란 습관을 지니고 태어나고
초록겨드랑이는 한 핏줄 계보를 이어가고있다.

자지러지게 웃을 땐 배꼽을 조심할 것
빠진 배꼽엔 개미떼들이 바글거린다.
너무 웃어 빠져버린 배꼽
사과 꽃겨드랑이에게
순우리말로 반성문 번역해오라 했더니만
달디단 뺨, 하곤 꼭질 탁 닫아버린다.

＞

봄겨드랑마다 초록거웃 자라고
지혜 모여 사는 곳 다 수염이 자란다.
수염이란 말들은 하얗게 흔들린다.
봄만 보면 간지러운 풀색습지 예스럽게 살았다는
곰푸른 말들을 지나가는 말로 들은 듯
한 사나흘 꽃 겨드랑이에 얼굴을 묻고
목젖이 닳도록 웃어보고 싶다.

5부

빈 휴일

빈 휴일

공휴일엔 계란의 안쪽도 비어있다.
저울의 무게에서 파르르 떨리는 값만 지불하는 것은
공휴일의 셈법

공휴일에 태어난 언니는 여전히 배가 비어있고
배를 채우기 위해 철야기도에 매달린 뱃속엔
태동 없는 은총만 가득하다.

수고하고 무거운 짐 진 자들 십자가를 향하고 목사님 바쁘고 성
경에 밑줄 그어지고 딸기는 닝닝한 맛으로 붉고 싱싱한 장미꽃
이파리 뜯어낼 때 시간은 질주하고 찬송가는 열광하고 아멘이
합창한다.

공휴일 거리는 회계처럼 쓸쓸하다
먼 곳들이 술렁이고 재무제표처럼 부풀었다 빠지는
계기판의 기록으로 줄어드는 휴일의 오후

슬리퍼가 고단한 날. 헐렁한 무릎은 더 튀어나오고 구름은 연
체되고

>

　쿠션 좋은 소파를 구르는 게으름 늘어진 낮잠 속으로 비가 내
린다.

　각자의 놀이에서 각자의 바깥이 생기고
　텅 빈 휴일이 저문다.
　죽은 나이들을 따져보면 다 공휴일로 채워져 있다.
　없는 사람들, 다 놀러갔다.

폐허의 전조

풀빛 날개들 톡톡 튀어 오르면 풍경은
폐허의 전조라 불린다.
응축된 햇살을 갉아 먹더니 이젠 늙은 햇살 갉아먹고 있다.
애초에 방향이 없던 미물이어서 여리고
쉽게 흔들리는 초록을 갉아 먹는다.
눈앞은 늘 툭 튀어나와 있어 몸보다 먼저 튀어 올라
가을논둑길에서 포르르 날아간다.
멀리서 말 달리는 소리 전송하는지
두두두 튀어 오르는 메뚜기들.
해거름녘 낮은 날개를 펼치고 비행할 때
쌍발제트기 자국을 지우는 먹구름 한 떼기 갈아엎는다.
들판이 방목해 키운 메뚜기떼 황금빛바람 일으키는
댓 마지기 논이 공중으로 날아간 어느 가을
아버지의 논둑길이었던
남의 논둑길을 걸어갈 때
그 포르르 날아다니던 어린 날 기억들은
유리병 속에서 울컥울컥 쏟아내던 진물과 함께 멸종되고 말았다.

없어진 다리로 일어서려 시도하는 습관처럼
아버지 머릿속 후드둑, 메뚜기들이 날아다니는지

뜯어먹은 기억자국이 많다.
메뚜기라는 이름에는 분실된 한 계절이 살고 있을 것 같다.

조용한 논둑길을 가로질러
소란한 기억 쪽으로 걸어가다 보면 가을은 이미
탈곡기 속으로 다 들어가고 없다.

꽃 진 자리

서천꽃밭 얇은 아지랭이는
웃음길 묻다, 북천으로 사라진 꽃그림자
바람개비가 돌고 있다.

어린 개 한 마리 울며지나다 마주친다.
맹꽁이 코 닮은, 봄날은
전쟁처럼 붉게 울어댄다.
동백숲에서 노랑부리 빗소릴 듣는다.
별들은 절벽 파고들어 반짝대고
붕새는 푸른 말들 물어 나른다.

6월은 (딴생각을 하는지)
어울리지 않는 알들 낳는다.
귓속은 늘 장대비 울음소리가 알을 까고
미완성 숲 상형문자로 웃으며 자라나고 있다.

추락한 무지개는 흔적이 없다.
달의 아가미에 붉은기침 흘러내리고
꽃 진 자리마다 붉은깃발 타오른다
마당귀엔 두 동강난 지렁이가 애꾸눈 단 채 꿈틀꿈틀 기어가고

반쪽몸 주름사이로
같은 부모 피 흐르는 소리

먼남극 빙하 녹는단 전갈 날아오고
집앞 나뭇가지엔 아찔한 봄꽃 휘감겨온다.
6월 꽃 진 자리가 꽃자리만큼 서럽다.

화엄꽃 · 1

고흐 한쪽 귀 누가 베어먹었나.
귀 잘린 자리 화엄꽃 핀다.

화엄꽃 · 2

아물지 않은 자리 달비린내 난다.
한 가지에 서로 다른 꽃 핀다.
한 송이 비루꽃 웬 주변 이리 시끄러운가.
벌절이라 해서 꿀을 끓이면
다시 나비절이라
화려한 꽃술을 보탠다.
윙윙대는 이명이 핀다.
그 이명으로 들은 말들은
서로 다른 말 들었다며 싸운다.

화엄꽃 · 4

북녘뜨락 내린 달빛 한 됫박 치마폭에 담아와 속에 섞여있는
풀벌레소리 마시며 밤새 키득거리다 잠들고 싶다.

생목 오른다.
철모르고 태어난 것들 철부지고
건들건들 허공 떠도는 헛바람 허파속 웃는다.
세월은 수상해 새울음 별꽃 핀다.
깃털 보드라운 숨소리
숨소리와 눈빛 해맑은 神이다.

달팽일 들여다보고 있으면

이렇게 느린 소실점이 있을까.

불도 켜지 않고 문도 잠그지 않은
달팽이껍질을 집이라 부르면 실례지.
들여다보면 뼈는 둥글게 말려있고
살은 끈적끈적하다.

어떻게 살과 뼈를 따로 갖고 있는 삶이 있을까.

뼈 안에 살 집어넣고 일일 연속극을 보는지
양쪽 안테나 뽑아놓고
끌끌 혀 차는 소리 들린다.
1인용 집이라 부르려다,
1회용 집이라 바꿔 부른다.
빈 달팽이껍질을 들여다보고 있으면 휑한 육탈이다.

수억만 년 전부터 언제나 같은 보폭으로 기어가며 문명 한 자
락에 제 이름 새기고 있다.

우렁우렁 풀벌레울음 밟고

천둥번개 쳐도 느릿느릿
폭염 지나 꾸벅꾸벅 졸고 있는 달팽이
말랑말랑한 구름입술 같은 살갗
달팽이를 보면 하루가 눅눅해진다.
습기와 폭염을 잘 섞어 짠 옷 한 벌과 베개를 마련해 주고싶다.

겨울에 얼지도 바람에 말리지도 못하는
젖거나 마른소리
천궁으로 송신하고 있다.

생전처음 노모들은 집을 두고 요양원으로 갔다.

달의 여자

달속에 피어난 붉은칸나,
물컹물컹 비린낼 쏟아내며 한 달 한 번 흐드러진다
물이 고이면 뱃속에는 또 다른 달이 조금씩 자라나
보름달로 부풀어오른다

어느 날 엄니는 달을 품고 날 만드셨다
꼬박 열 달만에 몰랑몰랑한 초승달로 태어나
내 몸에선 달냄새가 난다

달을 품은 여자 달의 출구를 찾지 못해
강물에 투신한다
그런 날은 사생아같은 달이 뜬다
여섯 번이나 달을 놓치고 다른 곳에서 달을 구한 여자
뱃속에서 애써 키운 달을 어떤 사람은
포셉*과 큐렛**에 갈기갈기 찢긴다 찢긴 달은 밝은 한낮을 다
갉아먹고
병실을 어둠속으로 침몰시킨다
냄새풍기는 초승달울음을 울며
이 세상 붉은꽃노을이나 단풍은
모두 달을 놓친 여인울음이 피운 꽃이다

>

내가 달님을 만난 건 열다섯 살,

그때까지 내 몸에 달이 자라는 걸 몰랐다

칸나보다 더 붉은향이 꽃대궁 위에서 이지러지고 자라며

수없이 반복되는 달이,

어느 날 내 몸속에 들어와 한 달 한 번씩 잉태를 한다

만삭이 되어 붉은양수 쏟아내면

난 달을 휴지에 둘둘 말아 쓰레기통에 던지거나

냇물에 씻어버렸다

강물이 붉게붉게 물들었다

내 손도 빨강꽃물이 들었다

그때부터 내가 자꾸 어디론가 굴러가고 싶은 것은

내 몸속에 붉은달의 유전자가 자라나고 있기 때문일까?

* 포셉 : 인공 임신 중절 수술도구 집게 같은 기구.
** 큐렛 : 자궁강 내용물을 제거하는 기구.

6부

말벌과 생각 사이

말벌과 생각 사이

벌초하다 벌에 쏘여죽었단 소문은
화끈거리며 부풀어 오르길 좋아한다.
예초기가 프로펠러처럼 돌자 봉분에 푸른 머리카락들 잘려 나
간다.
망령이란 말 주책이란 말
이 푸른 장발 앞에선 당연한 어휘인 줄 몰랐었다.
그저 긴 풀들 키워놓고 오솔길
하나에 묶여있는 무덤들.

벌집 쑤셨단 말 생각하는 사이
땅벌들 날아오른다.
우주전쟁 한 장면같다, 말벌통 건드리면
살아서도 급하고 윙윙거리던 사람들
별빛 시퍼런 말벌침 생각는 사이 톡, 쏘는 심술같은 땅벌침
눈물에 이렇게 많은 땅별빛이 섞여있었다니
노랑얼룩무늬 말벌살갗은 참 예쁘기도 하다 생각하는 사이
노랑얼룩무늬 땅벌독이 퍼져 부풀어 오른다.
윙윙거리는 땅벌날개와
붕붕거리는 말벌날개들의 공중전
아무리 몸을 숨겨도 그 작고 뾰족한

침 맞을 곳 곳곳 비어있다.
부어오르는 속살결 곳곳
살아있는 숲에도 불쑥 부푸는 붉은무덤이 있다.

화끈거리는 생각을 하는 사이사이
그 작은 날개만 생각해도 굵은 두드러기 불쑥 돋는 오후
늦가을 독에 쏘여 붉게 부푼 귀뺨과 눈두덩. 덜미
독 빨수록 화끈거리고 따갑다.
지나가는 곳마다 풀냄새 난다.
붉은산자락 잠자리날개 돌아가는 소리들 시끄럽다.
말벌과 초침 사이 땅벌과 예초기 사이….

화르르, 봄쏟다

벚나무 젖니 돋더니, 하얀 웃가지마다 내걸린
무음無音들은 천지간의 꽃말씀
탄성지르는 눈들이 황홀할 뿐이다.

봄볕에 입이 트여
한바탕 쏟아지는 저 요란한 웃음폭포,
이때를 기다리며 나무는
오랜나절 캄캄했다.

저 많은 꽃송이들 수다를 다 어찌하나.
꽃그늘에 서면 귀가 따갑다.
바람 아랫도리 지나
턱 윗목까지 불길이 도는데
초록나무들 가벼워져 까르르까르르 조팝웃음 피워댄다.
봄겨드랑이 꽃 부풀어오르는
꽃나무들은 자지러지게 폭소 피워낸다.

벚나무가 흘린 말씀들은 천변에 날린다.
마음에 깃드는 오만 가지 잡상념
저것들 언제 다 받아적을까 걱정되는데

금세 시치미 딱 떼고 입다물 저 벚나무들.

해는 화관쓰고 모처럼 깊은신방 드는데
빈 유모차에 털털거리며 끌려가는 노인장
흘러간 봄날을 이어붙여도 여전히 봄은 짧다.
천둥번개 몰려와 치면 일시에 뚝 그칠 웃음꽃들
화르르 이빠진 나뭇가지들
저 노인처럼 헐렁하다.

물파스

멘톨*바람이 불어온다. 숲속 깊숙한 곳에 물파스 만드는 공장이 있는 것 같다. 벌레 물려 가려운데 바르는 물파스. 물기만 하는 것으로 배를 채우는 숲.

숲의 이마를 돌아다니는 시원한 기밀용기속 바람은 분명 물파스의 원료다. 제조법은 너무 푸르러서 눈뜨고는 볼 수 없다.

숲 그늘에 서면 이마를 바르고 지나가는 물파스 둥근 숲길을 돌리면 훅, 쏟아져 나오는 그것은 머릿속까지 시리다.

새들은 꿈틀거리는 소리로 운다.
매워매워매워 파랗게 우는 매미다.

시원한 물에 발을 담그거나 뜨거운 국물을 마실 때 시원한 것처럼, 뜨거운 울음을 바르면 시원해지는 슬픔이 있다.

살갗에 닿는 순간 벌레울음소리와 바람울음소리가 차갑게 날아간다. 울음소리에 쓸려가는 가려움증. 화한초록 발원지에서 금방 빠져나온 울음소리는 휘발성분이다.

>

경사진 곳이나 후미진 곳에 잘 스미는 숲의 그늘들
상처난 곳에 파스를 바르는 것은
벌레의 울음속에 잠복중인 비밀을 모르는 단순무식한 일이다.

* 물파스 만드는 성분.

시집 혹은 시집 봉투

누군가 고단한 길 지우며 살구꽃 피는 소리 휘날릴쯤 시집 한
권 받았습니다.
담겨온 봉투는 아름답고 여느 봉투보다 작기도 했습니다.
4각 모서리의 각오가 단단해 보였습니다.
딱 그만큼 크기의 시집 외엔 세상 아무것도 받아들이지 않겠
다는 양장본 각오입니다.
몇 페이지 몇 째줄 오타가 고쳐주길 기다리는 것 따위엔 관심
없습니다.

살구나무집 살구꽃으로 곱게 자라며 살구꽃잎 떨어지고
살구 노랗게 익을 땐 신맛에 미쳐
치맛자락에 살구를 주워담던 부엉재숙모,
어린나이에 시집와서 여전히 노랑신봉투에 넣어져 자라고있
습니다.

한 번도 시 대신 시집말을 친정에 부쳐본 적없이
살구 대신 하얗게 익은 소금꽃 짠가풍 익히던 부엉재숙모,
외간外間에서 부엉이소리 나면 행여나 뒷소문 날까 방문 꼭꼭
닫아걸었지요.
밤마다 달빛 불러 청상심 물리친 흔적,

　그 방문 열어보면 청상 푸른시집 한 권 여전히 시렁에 얹혀있
습니다.

　봉투란 그런 것 시집이란 것도 그런 것이겠지요.
　참 짝지고도 외로운 말 안성맞춤이란 말,
　택호가 붙으면 옮겨갈 수도 없다는 말,
　가혹하고 쓸쓸한 푸른시집 한 권이 살았습니다.

소파

네 발을 쳐들고 있을 수 있는 것은 짐승이나 가능한 것
소파는 지금 마취에 들어있다
개복된 배는 우리 언니 같다
푹신한 것들은 어느 곳에다 아픈 곳을 둘까
찢겨진 스펀지가 날아올라 구름으로 보태진다.
꼬불꼬불한 스프링과 4각의 스펀지가 전부인 짐승이다
사람의 몸에서 가장 편안한 곳을 골라먹을수록
납작하게 야위어가는 이상한 병을 앓는다.

언니는 푹신한 사람
복부를 따라 지네발 같은 상처를 갖고있다.
더 이상 열고 싶지 않은 곳에
장성한 생일이 여럿 들어있다.

푹 꺼진 소파를 보면 언니가 생각난다.
우리 집에 오래 있었던 소파 살가죽이 늘어졌다.
바보같이 이혼당한 여자 같다.
뜯겨진 것을 모르는 듯 미동도 없다.
마취가 풀리면 저 딱딱한 다리로 사라지고 말 소파
안 아픈 적은 마취를 하고 누워 있을 때 뿐이다.

>

뜯어진 곳으로 빗물이 스며들고
퉁퉁 불어있는 소파 빗물은 풀썩, 앉지 않고도 무겁다.
편안한 쉼 매듭을 끊은 것은 길고양이의
가장 뾰족한 송곳니다.

신갈나무 장례식

제 몸을 묶는 것인지
아니면 넝쿨이 묶는 것인지 알 수 없지만
언제부턴가 넝쿨줄기 공들여 고목 한 그루를 포장하고 있다.
죽음을 피할 수 없다는 것을 알았다.
서늘한 그늘을 이해했다.
천의무봉으로 한 땀 한 땀 기운 넋
감춰둔 수의를 꺼내 입히고 있다.

이 나무 기둥 옆에 서면
책 읽는 소리 들린다.
어린 귀들 가장 먼저 기침하고
가장 늦게 불 끄는 서재였다.
바람과 물방울과 문장들이 가득히 날린다.
넝쿨은 키다리높이를 왼 매듭으로 묶고 있다.
열십자로 묶고는 풀릴까, 다시 빙 두른다.
묶는 꽃빛 포장 법 봄엔 무성했다.
야문 매듭 뚝뚝 분질러 넣고 마무리면
메아리로 다시 풀리는 것 알 수 있다.
나무들 비탈에 서있는 것도 가장 편한 자세라 서서 죽는다.

>

허물 갓 벗은 뱀 휘파람 땅으로 스며든다.
올봄을 건너뛴 새 이파리 넝쿨쪽으로 다 달라붙는다.
여름빛수염이 달라붙는다.
뿌리 가까이 단단한 끈이 자란 건 그때부터
물컹한 뼈의 벌레들 오글오글
죽은 나무구멍속 불꽃이 피어오르다 날아간다.

업業

업이란 깜깜하거나 하얀 말
물방울 구슬속
담장 넘어가는 구렁이
까마귀 울음도 업이라면 업이다.
神이 찾아와 神을 받는 것도
대문 밖 데려다 놓은 아기마저도 업이다.
여름햇볕이 땀 뻘뻘 흘리며
1백 23층을 오르는 것도 가을햇살이
4층밖에 못 오르고 지는 것도 업이다.

자동화된 공장, 이름도 알 수 없는 어머니손맛, 비슈누공장들
이 만든 김치·된장을 먹고 대량 인쇄로 떡제본 해낸 책과 날치
기신문 텔레비전 화면을 보며 손전화에 정신을 빼앗긴 인공수정
쌍둥이 부모업도 업이다.

이 거리는 이미 국적이 없다.

국산 종업원이 드물고 한글간판도 드문드문 이 거리는 잡종
인간 공화국이다. 말없는 법칙에 국산은 어디로 이주했는가. 수
천 년 전 토종달빛이 휘영청 쏟아진다. 발끝을 세우는 풀잎들의

넋이 다 빠져나가고 푸르던 압록 아사달의 봄빛이 묶였다. 빈 들
녘처럼 스산한 젊은이들의 피엔 더 이상 침 묻혀가며 쓰던 연필
글씨를 쓰지않고 더 이상 손가락 사이엔 파란잉크냄새가 나지
않는다.

꽃잎 떨어진 춤사위
그늘을 여의고 등 푸른 달빛이 물수제비로
퐁퐁 튀는 날
세상은 업장소멸의 무대, 하얀 빗소리
소곤소곤 풀벌레울음 흰무릎까지 기어오르면
바짓가랑이 둥둥 말아 올리는 달밤이 온다.
파문을 빠져나가는 동그라미 세상
씁쓰름한 업을 소멸하는 아침이 오고있다.

7부

999쪽 경전

999쪽 경전

몽골 초원 뛰놀던 양떼서 발췌한 울음 하늘 구릉구릉 날고
지구냄비 아우성 펄펄 끓고 있다
허리띠 욕심구멍 더 늘리기 위해 벌벌, 야단법석 아수라장 되
는 만물영장

환한 꽃등 흙비에 떼죽음 당하고 슬픈 이파리들 이리저리 흔
들린다
한 번도 멸종없이 이어온 인종
계절 울고 바람 피 흘리며 위독 알리고 있다
빛바람물의 무대에서 광란하는 인간, 주연일까 조연일까

아름답고 푸른 흙에서 자라는 욕망들
지구가 경전 마지막 장 넘기는 순간 맹독이 붉은 전염꽃으로
피어날
지렁이 하혈소리 우렁차게 들리고 수억만 년 앉아 놀던 달별
빛 사윌 때
풀지 못할 암호 덩그마니 화석으로 남을

신이 고귀한 문체로 감미롭고 경이로운 문장을 직조한 일천
천 경전엔 無라는 아찔한 현기증 한 마리 떡 버티고 있을 것이다

>

 철철 흐르는 물소리 은어떼 보다 반짝이고 싱그럽던 비취빛 날들 잔혹하고 독한 저주 섞여 숨 쉬는 모든 것 이성 잃고 비틀거리며 내지르는 비명 산더미로 쌓일 때 다시 999쪽으로 넘어가겠지만 허공에서 새들 문장 찾는 일

 '진멸한 문명' 이름표 하나만 나뭇가지에 걸려 펄럭일 것이다

 암흑으로 사라질 이때 인간이란 이름을 대처할 단어는?

 자유의 여신상 시간의 더께를 열고 지구 저쪽 이쪽 연결하는 물리적 교량 그 어디쯤서 혈맥 막혔는지 앞날이란 날짜에 붉은 신호등 깜빡인다

 오직 물질과 꿈만 좇는 기형정신에 수많은 사람 떠나고 돌아오는 지구 길목 다리가 허물어져가고 있다

 삶과 죽음의 경계 넘나들며 소멸과 부활 명암이 교차하는 영혼길목

 쉼표 하나 찍는 여유는 어디로 실종되었는지

 저 장엄한 999쪽 경전은 다양한 에너지가 공존하는 나침반이다 경전을 펼쳐

 이제 우린 더 늦기 전에 한도 초과된 생을 다시 윤리해야 한다

소금사막 길

낙타들, 지루한 행렬로 소금사막 건넌다

낙타 몸엔 경적이 흘러나오지 않는다

무릎 꿇어 소릴 내거나 기다릴 뿐

스스로 창을 닫은 긴 눈썹과

발굽 닿는 자리에 소금 부서지는 소리가 짜다

푸른바람 걸린 나뭇가지 위를 지나다보면

흰소금 쌓인 지점을 지나가게 된다

어느새 끼어든 제설차가 염화칼슘 뿌려대며 지나간다

흰 사막인 듯 눈의 천지가 돼버린 길

가끔 낙타울음 같은 경적이 끼어들어 미끄러운 길

닭들이 득실거리는 트럭 저만치 앞서가고

파란 술병든 빨간 치마와 야자나무그늘이 느리게 지나가는 길

길들은 순간 자기를 다스리지 못하는 일이 종종 생긴다

그 옛날 소금길은 좁아터져 정체되었지만

오늘 이 길은 넓어서 더 엉킨다

갓길표지도 없이

서로서로 위험속도 내며 지나갈 뿐이다

터널을 지나 저물어가는 산 돌아가

저녁대문을 향해가는 후미 등 붉은 행렬들이 흐른다

모래언덕은 속도를 잠그고 바람을 풀어놓는다

처음 보는 겨울그림자 한 폭이
길 한복판에 걸려있다
긴장한 낙타의 귀들이 허공에 펄펄 살아서 걸려있다
다쉬테캐비르* 사막, 그 어디쯤 지나가고 있는 걸까
지구 공 소금사막 길
혹 속에 남은 연료양은 아무도 알지 못한다

* 이란 최대의 사막.

발자국들의 밤

바람이 바람능선을 만든다. 바람능선이 눈능선을 만든다.

흰소들이 묶여있는 늙은마구간, 추위에 얼지 않는 네 발굽 있
다. 오늘밤 신발들이 얼어있고, 밤새 신고 다닌 그림자발자국은
푸른 눈위에 얼어붙어 녹고있다.

사막엔 투명한 구름풍선 찍어놓은 흰발자국 문안에 들여놓는
풍습이 살아있다. 수많은 모래 사람들이 네발도치 발자국을 탁
본하듯 데려간다 믿고있기 때문이다.

네 발이 빠져나간 헛발자국들 밤새 얼어 오가도 못해 골목잽
이 나와 벌벌 떨며 서있다. 한쪽 귓바퀴가 떨어져나간 부엉이울
음도 멈칫거린 흔적있다. 뒷마당을 빙빙돌아나간 삶흔적 산그
늘로 눕는다.

걸음 걷기 전의 어린발자국엔 아지랭이 세상없는 꽃무늬가 찍
혀 아롱아롱 자란다.

한 집 모여 살 금빛발자국들, 발없는 것들 밤새 꽁꽁언 은빛발
자국 하야니 덮어준다

>

　아침마다 김이 무럭무럭 오르던 금은의 신발들. 한낮이면 살살 녹아 사라지던 뒷축 축축한 빛발자국들은 밤낮없이 짝이 있다.

　제 짝 있는 것들, 한 사람씩 걸어간 봄밤이있다

　섣달발자국은 겨울문을 닫지 않는다. 가을사막 막막한 것도 봄날의 주인 버린 신 발자국 탓만은 아니다.

어쩌지 못하는 한때

열리지 않는 무게는
누가 저울에 올려주나

귀퉁이 찌그러진 금고 하나를 앞에 두고
열지도 손수레에 싣지도 못하는 사람
아무도 모르는 사이 압축된 비밀 숫자같이 낡은
결국, 부서져야 열릴 것 같은
몇 개의 숫자가 섞인 문짝은 처음부터
내부가 없었다는 듯 요지부동이다.

구름과자 한 개비가 다 타들어가도
떠오르지 않는 묘수는
함부로 섞어놓은 사내의 번호다.

오늘 하루 저 무게만 얻을 수 있다면
빈 박스와 공병들의 무게쯤은 다 내려놓아도 좋다고
그림자에게 중얼거리는 혼잣말이 저문다.
빈 것과 열려있는 것들만 모아온 극빈
한 번도 깊고 깊은 금고를 가져보지 못했음으로
차지하고도 싣지 못하는 사내

그렇지만 저 견고한 금고속의 무게는 누가
함께 들어 줄 수 있는 것이 아니다.

구름은 너무도 가볍게 흘러가고 새들은 손 없이도 손쉽게 날
개를 접고 비행기는 하늘을 갈아엎으며 날아가고 어김없이 해
는 지고

열지도 싣지도 못하는 무게 옆에서
돌덩이처럼 무거워진 사내가
하염없이 금고위에 엉덩이를 걸치고 앉아있는
바르르 떨리는 저울의 추.

，

웃자란 그림자 초록으로 몸 씻는 초여름

'열흘의 비구'들 별 하나씩 챙겨 단기출가 한다
그 빛으로 남루한 육신 씻고 편도체에 늘어붙은 탐진치 떼어
낸다
삭발한 자리마다 새파란 번뇌와 욕심 우후죽순 돋아난다
번뇌와 욕심 잘라 낼 가사 한 벌 두른다

기도 닿지 못한 곳 등불로 사위는 삭발한 낮달의 파리한 뒷모습

종울음 쏟아지면 푸른목청으로 외치는 탁발
목탁소리에 둥둥 떠 허우적거리는 각오, 착오를 신고 몇 집 허
탕치고야 구하는 업이란 질료의 탁발, 행렬이 안 보일 때까지 꿇
어앉는 겸허한 무릎

미얀마 쉐다곤(황금 언덕) 파고다 여행길
뱀허물 같은 모기장 몸에 두르고 콧구멍 끝 윗입술 사이 들숨
날숨 길을 지키는 구도자를 만났다.
뱀 허물 벗으며 우는 소리 풀숲이 파랗게 물든다
수도의 함량으로 저쪽 이쪽 파문 순환하는 소리

＞
　　세 살부터 인중 긴 사람까지 가사만 보면 꿇어앉는 무릎들
　　저 무릎엔 찬바람과 찬물소리 봄빛 기다리며 살고 있을 것이다
　　기도 먹고 사는 신 한 마리 살고 있을 것이다

　　상처난 길, 낙성식 가는 줄
　　열대과일 머리에 인 맨발의 보시 부처가 관 밖으로 맨발을 내
민다
　　자비경 반야지혜 꽃 피고 보시 넝쿨지는 화려한 불탑 안아 생
기 불어넣고 마하마니부처 씻기고 찌든 감정 골라내고
　　삼천대천세계를 건너온 신선들과 이번 생을 거래한다

　　깨달음 한 구절 얻기 위해 들이쉴 때는 삶을 내쉴 때는 죽음을
체험한다
　　맑은 식識으로 온몸에 빛나는 선정을 얻는다는 아나파나

　　이 세상에 없는 시간을 다녀온다.

함께, 울컥

함께라는 말에는 따뜻한 체온이 숨 쉬지
자음모음의 합계는 자음모음이지만
자음모음의 함께는 어떤 글자도 다 만들 수 있지

함께는 숨결이고 물이고 햇빛이지
함께라는 이 짧은 음절은 울컥이란 神이 사는 신전이지

세평 구둣방서 21년 동안 구두 5천 켤레 고치고 닦아 평생 번 3만 3천평 땅
코로나로 힘든 이웃위해 써달라고 기부한 울컥씨
4년간 모은 10원 5백원짜리 코 묻은 저금통 기탁하면서 도움 주고 싶다는 7살 최울컥
어려운데 써 달라고 1백원 5백원짜리 전달한 취약계층 울컥 독거노인
행정복지센터 찾아와 1백만원 내놓으며 이름 밝히지 않은 무명울컥
꼭 필요한 곳에 쓰이길 바란다며 곰팡이 핀 지폐를 내 놓은 폐지 줍는 굽은등울컥
바자회 열어 수익금 1백 59만원 전한 울컥고등학생
개인병원 문 닫고 코로나 치료 위해 대구로 달려가는 울컥의

료진

　이 위기 잘 넘기자고 각 체인점에 힘 한가마니씩 지원해 주는
프렌차이즈 울컥사장
　임대료 면제해 주는 울컥주
　위험 무릅쓰고 밤낮 코로나 환자들 돌보는 울컥의사 울컥간
호사
　함께 울컥, 눈물을 제조해

　가나다라마바사
　가나다라마바사
　슬픔 찢고 나온 푸른휘파람
　울컥나라 국기에 울컥울컥 희망을 펄럭이고 있네

완연한 뒷모습

파리한 밤바다 뛰어드는 삭발한 보름달
진경秦鏡*보다 환한 빛
물새들은 神의 초경을 쪼고 있었지

물층계 어디쯤에서 달냄새 맡고 몰려든 물고기 떼
달껍질 벗기느라 야단법석 났어
물고기 떼에 살 다 먹히고 유체이탈한 새파란 초승달
까실한 눈썹엔 찬바람 드나들며 삶의 경로 찾았지

저 방수된 눈빛과 지느러미로 태초부터 지금까지 진화되어왔을
떼죽음 당한 바다 청도라지 빛 중력 토해내고
뱃속 가르자 앙크랗게 날선 지네 한 마리 누워 있었지
슬픔 깊이 몰라 시퍼렇게 뜬 눈 죽음 당한 무수한 물고기 영혼들
전생에 물뼈였다 꽃눈이었다 달내장이었는지도 몰라,
텅 비어 아득한 바다들판서 눈 한 번 감아보지 못하고
그물에 걸려 생을 마친 바다조각들 촘촘한 그물에도 걸리지
않는 달과 바람은 한통속
끊임없이 먹히고 태어나는 음모
달의 부족은 아직 멸종되지 않았어

>

물고기로 배 채운 새발의 피는 꽃이 되었고 새 눈물 바다 만들
었다는
수억만 년 전설
새벽바다, 생의 타자들이 둥근 관에 달을 이동하고 있었지
관능적 푸른 혁명이었어

* 선악을 꿰뚫어 보는 안목과 식견을 이르는 말. 중국 진나라 시황제가 선악을 비추어 보
  았다는 거울에서 유래.

희디흰 애도哀悼

맑은 것들 소멸한 자리 흙비바람 쏟아지고
덫에 걸린 동물 울음들이 삭제된다
만삭의 바다 거품 물고 창자 비틀며 유산한 잔해
지구 한 마리 정신을 쭉 뻗고 누워있다

자신의 죽음을 아는지 모르는지 발기된 눈빛 닫고 무섭도록
날렵하던 날개
발가락 바들바들 떨며 가장 밀도 높은 허공을 날고 있다

거부할 수 없는 비행으로 누렸던 삶의 속도 재며
이 지상에서 가장 가벼운 체형 유지, 날아오르는 일로 외로움
견뎠던 환상 보고있다

겨울이면 하얀수의 입던 산과 들, 검은수의 갈아입고
푸른실종 실어나르는 울음소리 울창하고
말랑한 깃털에 저항하던 공포 여분의 슬픔으로 번진다
어떤 맞춤한 처방전을 내려야 누운 지구 일으킬 수 있을까

산기슭 썩은 고목 아래 목이 축 늘어져있는 다람쥐
고통스러움에 땅 물어뜯었는지 다람다람 알밤 까먹던 입에 흙

이 가득하다

　지구는 살해범이 누구인지 찾는 걸 포기한 듯 고요히 임종 기
다리고
　깊이를 잴 수 없는 두려움 사이로 딸깍, 숨 끊어지는 소리

　진저리치도록 푸르던 숲 사라진 자리
　어떤 개념도 습득하지 못한 시간은 흘러만 가고
　유령의 서식지가 된 거리를 서성거리는 달빛
　공중골목에서 수런거리는 부음
　죽은 것들의 통성 기도 올리는 소리
　햇빛이 피 뿌려 다비식 시작한다

　한 바탕 잘 놀다 간다
　낄낄, 종種 진화 멈추고 조용히 숨 거두는 마지막 유언

'함께, 울컥'의 대화엄의 세계

— 결의 시학

반경환 『애지』주간 · 철학예술가

'함께, 울컥'의 대화엄의 세계
― 결의 시학

반경환 『애지』 주간 · 철학예술가

이서빈 시인은 언어에 대한 남 다른 관심을 갖고 있고, 그의 시들은 언어학적으로도 대단한 깊이와 그 넓이를 자랑한다. 깊이는 수직적 차원에서 인식의 깊이가 되고, 넓이는 수평적 차원에서 영토의 넓이가 된다. 깊이는 집중(수축)의 힘이 되고, 넓이는 확산의 힘이 된다. 이서빈 시인의 시들은 인식의 깊이와 그 넓이를 가지고 있으며, 이 인식의 깊이와 넓이는 언어학적인 차원을 넘어서 역사 철학적인 차원으로 수직 상승하게 된다. 언어는 인식의 도구이며, 이 인식의 도구를 자유자재롭게 사용하는 자가 최고급의 인식의 제전(앎의 투쟁)에서 승리하는 역사 철학자, 또는 사상가라고 할 수가 있다.

나무의 결은 나무의 나이고
물결은 물의 나이입니다.

나무의 나이는 나무가 죽어야만 알 수 있어요. 결을 보는 것
은 조문하는 일입니다. 고요한 물의 나이를 알려면 돌멩이 하나
던져보면 되지요.

잠깐 보여주고 사라지는 물의 나이
어느새 출몰했다 사라지는 뼈들입니다.

세상의 것들은 결을 간직하고 있지요. 반질반질한 머릿결. 여
전히 가르마로 옛날 나이를 고집하는 할머니는 한 번도 구불구
불한 머릿결을 가진 적 없지요.

결국 나이를 감추고 있다는 뜻이지요.
나이를 걷어내면 결은 곧 사라져요.

봄 들판에 출렁이는 결, 어린 나이도 있고 늙은 나이도 있지
요. 가지런하고 걸음이 일정한 숨결. 나긋나긋하던 결이 거칠어
지면 오래지 않아 굳어요. 들판을 어지럽히는 바람결에 봄 살결
은 늙거나 시들어 가지요. 바람결로 나이를 먹고 시들어가는 들
판이에요.

살아있는 것들은 둥근 내면의 결을 가지고 있어
여린 것일수록 결이 보드랍게 잘 휘지요.

가끔 손 없는 이불 결이 꿈결을 쓰다듬는 날이면 하늘은 연한

육질을 위해 햇빛과 별빛을 결대로 찢지요. 모든 결에서 비린내
가 나는 이유지요.

청결이나 미결 같은 엉뚱한 단어들이
결 사이로 끼어들기 때문이지요.
　　　　　　　　　　　　　　　　—「결」전문

이서빈 시인의 '결'은 나무의 나이이고, 물의 나이이다. 나무
의 나이는 죽어야만 알 수가 있고, 나무의 결을 보는 것은 나무
를 조문하는 일이 된다. 물의 나이는 물결이고, 물의 나이를 알
려면 돌멩이를 던져보면 된다. 물의 나이, 즉, 물결은 물의 **뼈**이
고, 돌멩이를 던지면 어느새 출몰했다가 사라진다. 세상의 모든
것들은 결을 간직하고 있다. 여전히 옛날의 나이를 고집하는 할
머니의 머릿결도 있고, 봄 들판에 출렁이는 결도 있다. 어린 나
이의 결도 있고, 늙은 나이의 결도 있다. 가지런하고 걸음이 일
정한 숨결도 있고, 나이를 먹고 시들어가는 들판의 바람결도 있
다. 이불 결도 있고, 꿈결도 있고, 청결도 있고, 미결도 있다.
　결이란 매듭이고, 나이테이며, 그것은 그 주체자의 삶의 궤적
을 증명해준다. 국가의 역사는 국사이고, 세계의 역사는 세계사
이고, 존재의 역사는 결의 역사이다. 반질반질한 머릿결은 반질
반질한 역사를 갖고 있고, 구불구불한 머릿결은 구불구불한 역
사를 갖고 있다. "살아있는 것들은 둥근 내면의 결을 가지고" 있
고, "여린 것일수록 결이 보드랍게 잘" 휜다. 이불 결도 나이를
먹고 꿈결도 나이를 먹고, "이불 결이 꿈결을 쓰다듬는 날"—흥

몽을 말한다—이면, "하늘은 연한 육질을 위해 햇빛과 별빛을 결대로" 찢는다. 이불 결과 꿈결은 물론이고, 햇빛과 별빛도 결이 있으며, 이 결의 역사는 투쟁의 역사라고 할 수가 있다. 투쟁의 역사는 '청결'과 '미결'을 둘러싼 도덕과 밥그릇의 싸움으로 점철되어 있고, 모든 싸움에는 피 비린내가 풍겨나오기 마련이다.

세상의 모든 것들은 결을 간직하고 있고 결의 역사가 투쟁의 역사라면, 그것은 이서빈 시인의 인식의 깊이가 되고, 이 인식의 깊이는 다양한 결의 모습으로 그 울림과 그 파장을 드러낸다. 결, 결, 나무가 죽어야만 볼 수 있는 결, 잠깐 보여주고 사라지는 물의 결, 한 번도 구불구불한 모습을 보여주지 않은 할머니의 머릿결, 봄 들판에 출렁이는 머릿결, 어린 나이의 결, 늙은 나이의 결, 가지런하고 걸음이 일정한 숨결, 들판을 어지럽히는 바람결, 늙거나 시들어가는 살결, 이불 결, 꿈결, 햇빛의 결, 바람의 결, 청결, 미결 등은 다양한 결의 울림과 그 파장을 보여준다.

결의 역사는 투쟁의 역사이자 축제의 역사이다. 모든 투쟁은 축제이고, 모든 축제는 투쟁이다. 모든 사물은 결에서 태어나고, 그 결을 살다가 그 결을 남기고 죽어간다. 결이 결을 낳고, 결의 노래를 부른다. 결이 결의 다리를 걸고, 결의 얼굴을 짓밟아 버린다. 결과 결들이 손에 손을 맞잡고, 결이 결에 짓밟혀 죽으며, 또, 무수한 결을 생산해낸다. 이서빈 시인의 「결」은 '결의 역사'와 '결의 삶'을 언어학적으로, 또는 역사 철학적으로 천착해낸 수작이라고 할 수가 있다.

저 조그만 네모 하나에 모든 도형들이 다 빨려 들어간다.

먹다 · 굶다가 한통속으로 들어가거나 나간다, 밥먹고 욕먹고 일도 시켜 먹는다. 녹을 먹고 나라를 말아먹는다.

먹는 것 입 꾹 다물면 굶는 것도 끝난다.

때론 한 주먹거리도 안 되는 굴레를 쓰고 사람을 가두어 수 인囚人이 되게도 하는 口. 하루의 끝이 꾸역꾸역 모여 잠을 볼모 로 잡고 있는 口.

조금 먹은 놈은 도둑이라 하고 많이 먹은 놈 영웅이라 하는 저 口. 끝내 삼킨 것 다 뱉어내 저 조그만 관속 들어가 꽝꽝 못 질 당할 口.

살도 뼈도 수식어도 없는 막대기 네 개 저것안에 4주가 들어 있고 4방이 들어있고 온갖 사연 다 들어 있어 죽음까지도 4망이 라 한다면 저 口 는 모든 비밀 다 틀어쥐고있는 것 아닌가.

우리 모두 저 네모안에 들어가기 위해 오늘도 꽃도 새도 나비 도 끊임없이 태어나 날고 있다.
　　―「구口」 전문

이서빈 시인의 언어학적 인식의 깊이는 「결」과 「가락」, 「함께,

울컥」이외에도「구口」라는 시에서 가장 잘 드러나고 있으며, 그 방법은 '현상학적'이라고 할 수가 있다. 입口은 사람 또는 동식물들의 입이며, 우리는 이 입을 통해서 먹고 살아간다. "저 조그만 네모 하나에 모든 도형들이 다 빨려 들어간다.// 먹다·굶다가 한통속으로 들어가거나 나간다, 밥 먹고 욕 먹고 일도 시켜 먹는다. 녹을 먹고 나라를 말아먹는다." 그렇다. "먹는 것 입 꾹 다물면 굶는 것도 끝난다." 그 입, 그 먹는 것 때문에 때로는 한 주먹거리도 안 되는 굴레를 쓰고 형무소를 가게 되고, 조금 먹은 놈은 도둑이라고 하고, 많이 먹은 놈은 영웅이라고 한다. 사회적 약자인 좀도둑들은 일벌백계로 단죄하고, 사회적 강자인 대도둑들에게는 온갖 영웅의 칭호를 다 부여한다.

하지만, 그러나 최종심급은 입이며, 죽을 때는 끝내 삼킨 것 다 토해내고 조그만 관속으로 들어가 쾅쾅 못질을 당하게 된다. 입은 살도 뼈도 수식어도 없는 막대기 네 개의 관이 되고, 이 관 속에는 사주四柱가 들어 있고, 사방四方이 들어 있고, "온갖 사연 다 들어 있어 죽음까지도" 사망死亡 이라고 한다. 입은 모든 비밀을 다 틀어쥐고 있는 우주이며, 이 입을 통해서 모든 인간들과, 꽃과 새와 나비들의 삶이 펼쳐진다. 이럴 때의 이서빈 시인은 그 모든 것을 '입'으로 설명하는 언어학자이자 현상학자라고 할 수가 있다. 그의 언어는 인식의 깊이가 되고, 그 인식의 깊이는 '입口'의 본질을 파헤치는 현상학적 깊이가 된다. 이 인식의 깊이와 현상학적 깊이는 참으로 대단하고 경이로우며, 최고급의 인식의 제전으로서 한국문학의 신기원을 활짝 열어제친다. 이제 한국문학은 제3세계의 역사 철학적인 무지와 암흑과 혼돈의 장

막을 걷어내고 문화선진국의 문턱에 올라서게 된 것이다.

가락이란 말에는 흥이 섞여있다. 엿가락 노랫가락 손가락 발가락 숟가락 젓가락엔 길고 짧은 가락이 흐른다. 흥이 나면 발가락을 까딱이고 손가락장단 맞추기도 하고 가락지 끼며 약속을 맞추기도 한다.

5일장 가면 각설이 타령 엿장수 맘대로 엿가락 늘리듯 음 늘리며 가위로 노랫가락 자르며 엿가락 판다. 찍찍 늘어난 엿가락은 달고 흥겹다. 젓가락 밥상 두드리며 장단치고 숟가락 소주병에 꽂아 흔들며 가락 만들어내기도 한다. 숟가락 두들기며 부르는 질편한 가락에는 술 냄새가 난다. 노래하고 술 마시고 춤추는 가락은 절로 신나 어깨를 흔들어 댄다. 친한 사이가 되면 그 집 숟가락이 몇 개고 젓가락이 몇 개인 것까지 알 수 있는 것만 봐도 가락이란 말은 참 흥이 돋고 정 묻은 말이다.

가락국을 세운 김해지방의 걸쭉한 사투리가 막걸리와 섞여 전설 같은 선율로 흐르는 별밤.
기차 여행을 하다 간이역에서 가락국수 한 그릇 훌훌 들이키고 싶다. 눈에 보이거나 만져지지 않는 가락들은 늘 사람의 곁을 지킨다.
　　ㅡ「가락」 전문

이서빈 시인의 언어학과 현상학적 깊이는 그의 두 번째 시집

인『함께, 울컥』의 물적 토대가 되고 있지만, 그의「가락」에도 그
것은 유감없이 드러난다. 그는 대뜸 "가락이란 말에는 흥이 섞
여있다"라고 말한다. "엿가락 노랫가락 손가락 발가락 숟가락
젓가락엔 길고 짧은 가락이 흐른다"고 말하고, "흥이 나면 발가
락을 까딱이고 손가락장단 맞추기도 하고 가락지 끼며 약속을
맞추기도 한다"고 말한다. 가락이란 매우 다양하고 중층적인 의
미를 지닌 한국어인데, 왜냐하면,

1. 음악의 기본 요소 가운데 하나로 소리의 높낮이가 길이나
   리듬과 서로 어울려 이루어지는 음의 흐름;
2. 오랜 경험을 통해 몸에 밴 솜씨나 능력;
3. 조금 가늘고 길쭉하게 토막진 물건의 낱개;
4. 물레로 실을 자을 때, 고치솜에서 풀려 나오는 실을 감는
   쇠꼬챙이;
5. 수 관형사 뒤에서 의존적 용법으로 쓰여, 조금 가늘고 길쭉
   하게 토막을 친 물건을 세는 말;
6, 고대 부족 국가(가락駕洛);
7. 기름하게 생긴 연장을 세는 단위를 나타내는 말;

등을 나타내고 있기 때문이다. 엿가락, 노랫가락, 손가락, 발가
락, 숟가락, 젓가락, 가락지, 가락국, 가락국수 등까지 그의「가
락」속에 녹아들며, 이서빈 시인은 언어학자이자 현상학자로서
의 종합능력을 유감없이 보여준다. 부분에서 전체로, 전체에서
부분으로 그의 시선은 넓고 깊으며, 무모순의 원리로서 그의 '함

께, 울컥의 대화엄의 세계'를 펼쳐나간다.

　5일장 가면 각설이 타령 엿장수 맘대로 엿가락 늘리듯 음 늘리며 가위로 노랫가락 자르며 엿가락 판다. 찍찍 늘어난 엿가락은 달고 흥겹다. 젓가락 밥상 두드리며 장단치고 숟가락 소주병에 꽂아 흔들며 가락 만들어내기도 한다. 숟가락 두들기며 부르는 질펀한 가락에는 술 냄새가 난다. 노래하고 술 마시고 춤추는 가락은 절로 신나 어깨를 흔들어 댄다. 친한 사이가 되면 그 집 숟가락이 몇 개고 젓가락이 몇 개인 것까지 알 수 있는 것만 봐도 가락이란 말은 참 흥이 돋고 정 묻은 말이다.

　가락국을 세운 김해지방의 걸쭉한 사투리가 막걸리와 섞여 전설 같은 선율로 흐르는 별밤.
　기차 여행을 하다 간이역에서 가락국수 한 그릇 훌훌 들이키고 싶다. 눈에 보이거나 만져지지 않는 가락들은 늘 사람의 곁을 지킨다.

아는 것은 즐겁고 즐거운 것은 노래가 된다. 노래는 축제의 꽃이 되고, 이서빈 시인의 「가락」으로 모든 축제가 대성황을 이루게 된다. 제일급의 시인은 앎을 통해서 자기 자신을 높이 높이 끌어올리고, 그 사유의 힘, 그 역사 철학적인 힘으로 동시대를 비판하며, 그 모든 사람들과 함께 우리 인간들의 이상낙원을 건설하고자 한다.

아무렇게나 핀 개망초
지금쯤 개명 신청 중일 거다.
'개'자는 모두 좋지 못한 말로만 쓰인다며
불평꼬릴 바람개비처럼 살래살래 흔든다.
　　―「개명改名」 부분

기형공화국엔 기형들만 사는 게 아니라
너무도 번듯한 외형들이 기형을 만들고 있다
　　―「기형공화국」 부분

개만도 못한 놈이 있고 사람보다 나은 개가 있다. 아테네 학당
에도 개똥철학자가 있었고 견유학파犬儒學派의 디오게네스. 아테
네 학당 천재들도 개에게는 꼼짝 못해 멍텅구리같은 개에게 신
개유학파가 생겼다지. 개구멍·개지랄·개웃겨·개망나니·개
살구·개머루·개가죽나물·개부랄꽃 같은
　사람들은 사람새끼를 돼지새끼라고 부르기도 한다 돼지꿈·
돼지저금통 돈은 모두 돼지들이 차지하고 있다.
　　―「굴레 벗기기」 부분

　한 번도 자신의 집 가져보지 못한 사람들 오늘도 다른 사람
집 짓고
　한 번도 자신의 시 써 보지 못한 사람 다른 사람 시집 만들고
다음 생이나 그 다음 생 위해 남의 집 짓는다
　오막살이라도 내 집 좋다던 사람들 이사 할 때는 한 사람도 집

을 가져가지 않는다

　　—「헛말」부분

이 거리는 이미 국적이 없다.

국산 종업원이 드물고 한글간판도 드문드문 이 거리는 잡종 인
간 공화국이다. 말없는 법칙에 국산은 어디로 이주했는가. 수천
년 전 토종달빛이 휘영청 쏟아진다.

　　—「업業」부분

만일, 존재의 역사가 결의 역사이고, 결의 역사가 투쟁의 역사
라면 시에 있어서의 언어란 투쟁의 도구라고 할 수가 있다. 언어
란 단순한 의사소통의 도구가 아니라, '일도필살의 검'과도 같은
것이며, 사상과 이론이란 최종적인 승리의 축포와도 같은 것이
다. 비판이란 적과 동지, 친구와 친구, 스승과 제자, 부모형제와
나, 이웃과 이웃들 간의 싸움의 장이며, 비판없이는 그 어떤 승
리도, 그 어떤 승리의 쟁취물도 없게 될 것이다. 비판의 기능에
는 정화기능과 강화기능, 그리고 성화기능이 있다. 정화기능이
란 자기 자신의 약점과 결점을 씻어주는 기능을 하고, 강화기능
이란 그 약점과 결점들을 극복하고 천하무적의 힘을 길러주고,
성화기능이란 천하무적의 영웅들을 끊임없이 찬양하고 숭배하
는 기능을 담당한다. 이 세상에 나갈 때는 전투정신으로 나가라
는 말이 있듯이, 모든 학교교육은 최고급의 인식의 전사를 양성
하게 된다. 비판만이 위대하고, 또, 위대하다. 비판은 당신의 존

재증명이다. 당신은 누구를, 무엇을 비판할 수 있는가?

 이서빈 시인의 '함께, 울컥의 대화엄의 세계'는 비판철학(역사 철학)의 힘이 각인되어 있으며, 그것은 「개명」, 「기형공화국」, 「굴레 벗기기」, 「헛말」, 「빈 휴일」, 「업業」 등으로 설명할 수가 있을 것이다. 대한민국은 국산종업원이 드물고 한글간판도 드문 '잡종인간 공화국'이며, 너무나도 번듯한 외형들이 「기형공화국」을 이루고 있는 나라에 지나지 않는다. 아무렇게나 제멋대로 살아온 개만도 못한 놈들이 개명을 신청 중이고, 그토록 부동산 투기를 좋아하면서도 죽어갈 때에는 단 한 사람도 집을 가져가지는 못한다. 이서빈 시인은 그 비판철학의 힘으로 명예를 위해 살고 명예를 위해 죽는 인간, 모든 탐욕과 허례허식을 다 버리고 그 이타적인 사랑으로 국적 있는 '한국인의 상'을 제시하고 있다고 해도 과언이 아니다. 그의 언어의 칼날은 이 땅의 잡종인간들의 인간성과 세태풍습을 자르고 해부하며, "고흐의 한쪽 귀 누가 베어먹었나/ 귀 잘린 자리 화엄꽃 핀다"라는 「화엄꽃 1」의 시구에서처럼, 그 어느 누구보다도 투철한 예술가의 정신으로 만인들의 사랑과 평화와 행복을 기원하게 된다. "나비왕국엔 법도 없고 귀양 가는 일도 없다/ 금 그어놓고 억압하지도 패거릴 만들지도 않는다/ 봄을 수놓은 온갖 꽃들이 다 나비들의 수예솜씨라면/ 그 화무십일홍들이 대통大統의회의 공무도 보게 해야 한다"의 「나비왕국」과 「함께, 울컥」의 대화엄의 세계가 바로 그것을 증명해준다.

 함께라는 말에는 따뜻한 체온이 숨 쉬지

자음모음의 합계는 자음모음이지만
자음모음의 함께는 어떤 글자도 다 만들 수 있지

함께는 숨결이고 물이고 햇빛이지
함께라는 이 짧은 음절은 울컥이란 神이 사는 신전이지

세 평 구둣방서 21년 동안 구두 5천 켤레 고치고 닦아 평생
번 3만3천평 땅
코로나로 힘든 이웃 위해 써달라고 기부한 울컥씨
4년간 모은 10원 5백원짜리 코 묻은 저금통 기탁하면서 도움
주고 싶다는 7살 최울컥
어려운데 써 달라고 1백원 5백원짜리 전달한 취약계층 울컥
독거노인
행정복지센터 찾아와 1백만원 내놓으며 이름 밝히지 않은 무
명울컥
꼭 필요한 곳에 쓰이길 바란다며 곰팡이 핀 지폐를 내 놓은 폐
지 줍는 굽은등울컥
바자회 열어 수익금 1백 59만원 전한 울컥고등학생
개인병원 문 닫고 코로나 치료 위해 대구로 달려가는 울컥의
료진
이 위기 잘 넘기자고 각 체인점에 힘 한가마니씩 지원해 주는
프렌차이즈 울컥사장
임대료 면제해 주는 울컥주
위험 무릅쓰고 밤낮 코로나 환자들 돌보는 울컥의사 울컥간

호사

함께 울컥, 눈물을 제조해

가나다라마바사
가나다라마바사
슬픔 찢고 나온 푸른 휘파람
울컥나라 국기에 울컥울컥 희망을 펄럭이고 있네
―「함께, 울컥」 전문

　이서빈 시인의 두 번째 시집의 표제시인 「함께, 울컥」은 세계
적인 대유행병인 '코로나' 앞에서 국난극복의 진수를 보여주고
있는 시이며, 그의 인식의 깊이와 역사 철학적인 깊이를 한국
문학의 진수로서 보여주고 있다고 할 수가 있다. 이서빈 시인은
"함께는 숨결이고 물이고 햇빛이지"라고 말하고, 또한, 그는
"함께라는 이 짧은 음절은 울컥이란 神이 사는 신전"이라고 말
한다. 함께라는 말에는 따뜻한 체온이 숨쉬고, 자음모음의 합계
는 단순한 자음모음에 지나지 않지만, 자음모음의 함께는 어떤
글자도 다 만든다. 로빈슨 크루소처럼 무인도에 사는 사람에게
는 언어가 필요없을는지도 모르지만, 둘 이상의 사람이 모여살
면 언어가 필요하다. 우리는 언어로서 사물을 인식하고, 언어로
서 어떤 사건과 현상들을 기록하고, 우리는 언어로서 상호간의
대화를 나눈다. 언어는 일방적인 것이 아니라 상대적인 것이며,
자기중심주의를 버리고 타자의 이타성을 인정하지 않으면 존재
할 수가 없다. 자음과 모음을 결합하면 단순한 자음과 모음에 불

과하지만, 이 자음과 모음에 '함께'라는 공동체의 힘을 보태면 새로운 세상이 열린다. 왜냐하면 함께는 공동체의 숨결이고 물이며 햇빛이고, 함께라는 이 짧은 음절에 '울컥'이라는 민족정신, 즉, 전지전능한 신이 살고 있기 때문이다.

대한민국은 자음과 모음, 즉, 한국어로 열리는 세상이며, '함께, 울컥의 대화엄의 정신'이 살아 숨쉬는 세상이다. 인류의 역사상 전무후무한 대유행병인 코로나 앞에서 모두들 다같이 벌벌벌, 떨고 있을 때, 세 평 구둣방서 21년 동안 구두 5천 켤레를 고치고 평생 번 3만3천평 땅을 기부한 울컥 씨, 4년간 모은 10원, 5백원짜리 코 묻은 저금통을 기탁한 7살 최울컥 어린이, 어려운 데 써달라고 1백원, 5백 원짜리 전달한 취약계층 울컥독거노인, 행정복지센터 찾아와 1백만원 내놓으며 이름 밝히지 않은 무명울컥 씨, 꼭 필요한 곳에 쓰이길 바란다며 곰팡이 핀 지폐를 내놓은 폐지 줍는 굽은등울컥 씨, 바자회 열어 수익금 1백 59만원 전한 울컥고등학생, 개인병원 문 닫고 코로나 치료를 위해 대구로 달려가는 울컥의료진, 이 위기 잘 넘기자고 각 체인점에 힘한 가마니씩 지원해 주는 프렌차이즈 울컥사장, 임대료 면제해 주는 울컥주, 위험 무릅쓰고 밤낮 코로나 환자들 돌보는 울컥의사, 울컥간호사 등이 "함께 울컥, 눈물을 제조해"세계에서 제일 먼저 전국토의 국난극복의 의지를 불태우게 한다. 티끌 모아 태산을 이루고, 한마음―한뜻으로 일치단결하여 세계적인 대재앙을 극복하며, 천하태평의 화엄의 세계를 이루어낸다.

이서빈 시인에게 있어서의 화엄이란 시를 통해 몸과 마음을 정결히 하고, 내 이웃을 내몸처럼 사랑하는 것을 말하고, 궁극

적으로는 한마음—한뜻으로 공동체 사회의 사랑과 평화와 행복을 추구하는 것을 말한다. '함께'라는 사적인 '나'를 버린 '함께'이며, 그 이타적인 몰아의 경지에서 너와 내가 손에 손을 잡고 앞으로 나아가는 것을 말한다. 따라서 '울컥'이란 마음, 그 심리적인 움직임은 서로의 마음을 감동시키는 것이며, 그 어떤 고통과 재난도 두렵지가 않다는 뜻이 된다. 이서빈 시인의 영광은 한국인의 영광이며, 한국인의 영광은 시인의 영광이다. 시인의 영광은 자음과 모음이 함께하는 세상을 탄생시키고, 한국인의 영광은 너와 내가 함께 하는 세상을 탄생시킨다. 요컨대 "가나다라마바사/ 가나다라마바사/ 슬픔 찢고 나온 푸른 휘파람"이 "울컥나라 국기에 울컥울컥 희망을 펄럭"이게 하고 있는 것이다.

　이서빈 시인의 두 번째 시집인『함께, 울컥』은 그의 첫 시집인『달의 이동경로』에 이어서 한국문학의 경사이며, 그 인식의 깊이와 현상학적, 혹은 역사 철학적인 깊이를 통해서 세계문학의 경지에 올라서게 되었다. 대단히 참신하고 기발하며 독특한 발상이 담겨있고, 수직적인 깊이와 수평적인 확산을 통해서 우리 한국인들은 물론, 전세계인들의 마음을 울리게 될 것이다. "자음모음의 합계는 자음모음이지만/ 자음모음의 함께는 어떤 글자도 다 만들 수 있지// 함께는 숨결이고 물이고 햇빛이지/ 함께라는 이 짧은 음절은 울컥이란 神이 사는 신전이지"라는 시구와 "가나다라마바사/ 가나다라마바사/ 슬픔 찢고 나온 푸른 휘파람/ 울컥나라 국기에 울컥울컥 희망을 펄럭이고 있네"라는 시구를 쓰기 위해 그는 그 얼마나 많은 시간과 세월을 투자하며, 그토록 어렵고 힘든 언어의 산맥들과 전인류의 고전들이라는 고산

영봉들을 찾아 헤매고 다녔단 말인가? 앞에도 절벽이고 뒤에도 절벽이고, 사지는 부들부들 떨리고 기력이 쇠잔해지는 고통과 절망을 감당해내면서도 그 얼마나 그토록 고귀하고 위대한 언어의 혁명을 꿈꾸어 왔단 말인가?

이서빈 시인의 한국어는 다이아몬드이며, 그의 두 번째 시집인『함께, 울컥』은 다이아몬드의 광산이다. 다이아몬드는 그 희소성 때문에 사용가치와 교환가치가 세계 최고가 되지만, 그러나 이서빈 시인의 한국어, 즉, 다이아몬드 광산은 천문학적인 그 매장력을 자랑한다. 한국어는 우리 한국인들의 영원한 자산이며, 그 언젠가, 그 어느 때는 전인류의 공용어가 될 것이다.

존재의 역사는 결의 역사이고, 결의 역사는 투쟁의 역사이다. 어느 누구나 "가나다라마바사/ 가나다라마바사/ 슬픔 찢고 나온 푸른 휘파람/ 울컥나라 국기에 울컥울컥 희망"의 깃발을 펄럭이며, '함께, 울컥의 대화엄의 세계'를 펼쳐보일 수 있는 것은 아니다.

시인 만세, 이서빈 만세의 세상이 올 것이다!!

이서빈 시집

함께, 울컥

발　　행 2020년 9월 20일
지 은 이 이서빈
펴 낸 이 반송림
편집디자인 김지호
펴 낸 곳 도서출판 지혜 · 계간시전문지 애지
기획위원 반경환 이형권
주　　소 34624 대전광역시 동구 태전로 57, 2층 도서출판 지혜 (삼성동)
전　　화 042-625-1140
팩　　스 042-627-1140
전자우편 ejisarang@hanmail.net
애지카페 cafe.daum.net/ejiliterature

ISBN : 979-11-5728-412-2 03810
값 10,000원

이서빈

이서빈 시인은 경북 영주에서 태어났고, 한국방송통신대학교 국어국문학과를
졸업했다. 2014년 《동아일보》 신춘문예로 등단했고, 첫 번째 시집『달의 이동
경로』와 민조시집『저토록 완연한 뒷모습』이 있다.
이서빈 시인의 두 번째 시집인『함께, 울컥』은 그의 첫 번째 시집인『달의 이동경
로』에 이어서 한국문학의 경사이며, 그 인식의 깊이와 현상학적, 혹은 역사 철
학적인 깊이를 통해서 세계문학의 경지에 올라서게 되었다. 대단히 참신하고 기
발하며 독특한 발상이 담겨있고, 수직적인 깊이와 수평적인 확산을 통해서 우리
한국인들은 물론, 전세계인들의 마음을 울리게 될 것이다.

이메일: happyjy8901@hanmail.net